ひとつ浮かんだ黒い点

針の先ほど小さな点

見てみぬふりをすればいいのに

そうできたらもうしている

点が線に

線が面に

面が立体となって

私の中であぐらをかいた

今夜は支配されてしまおう
明日の朝には消えるでしょう

今日は昨日のようだった
今日は明日のようだった

素敵なものは
何も言わずただそこで光っていて
素敵な人は
ただそこでそれを感じていて
素敵でないものこそ光ったふりをし
素敵でない人こそそんな光に騙される

大勢の人の力に生かされたまま
宙ぶらりんの個の心
永遠にひとり

雲の下　道を行く猫ちゃんは
にゃあと泣くとにゃあと泣き返してくれたあの猫ちゃんは
そんなこと
とうに知っていたのだ

郵便はがき

恐縮ですが
切手を貼っ
てお出しく
ださい

1 6 0-0 0 2 2

東京都新宿区
新宿 1－10－1
(株) 文芸社
ご愛読者カード係行

書　名			
お買上 書店名	都道 府県　　　市区 郡　　　書店		
ふりがな お名前		大正 昭和 平成　　年生　　歳	
ふりがな ご住所	□□□-□□□□	性別 男・女	
お電話 番　号	(書籍ご注文の際に必要です)	ご職業	

お買い求めの動機
1. 書店店頭で見て　2. 小社の目録を見て　3. 人にすすめられて
4. 新聞広告、雑誌記事、書評を見て(新聞、雑誌名　　　　)

上の質問に 1. と答えられた方の直接的な動機
1. タイトル　2. 著者　3. 目次　4. カバーデザイン　5. 帯　6. その他(　　　)

ご購読新聞　　　　新聞	ご購読雑誌

文芸社の本をお買い求めいただき誠にありがとうございます。

この愛読者カードは今後の小社出版の企画およびイベント等の資料として役立たせていただきます。

本書についてのご意見、ご感想をお聞かせください。 ① 内容について
② カバー、タイトルについて
今後、とりあげてほしいテーマを掲げてください。
最近読んでおもしろかった本と、その理由をお聞かせください。
ご自分の研究成果やお考えを出版してみたいというお気持ちはありますか。 ある　　ない　　内容・テーマ（　　　　　　　　）
「ある」場合、小社から出版のご案内を希望されますか。 する　　しない

ご協力ありがとうございました。


〈ブックサービスのご案内〉

小社書籍の直接販売を料金着払いの宅急便サービスにて承っております。ご購入希望がございましたら下の欄に書名と冊数をお書きの上ご返送ください。　（送料１回210円）

ご注文書名	冊数	ご注文書名	冊数
	冊		冊
	冊		冊

皆疲れた顔をしているのを
あざけ笑って馬鹿にした
いつも笑って生きていた
全てのことが薄らいで
疲れた顔の理由がわかる
それでも笑って生きいていこうと
光だけは見失わず

いないはずのあの人のにおいが
いま　一瞬した

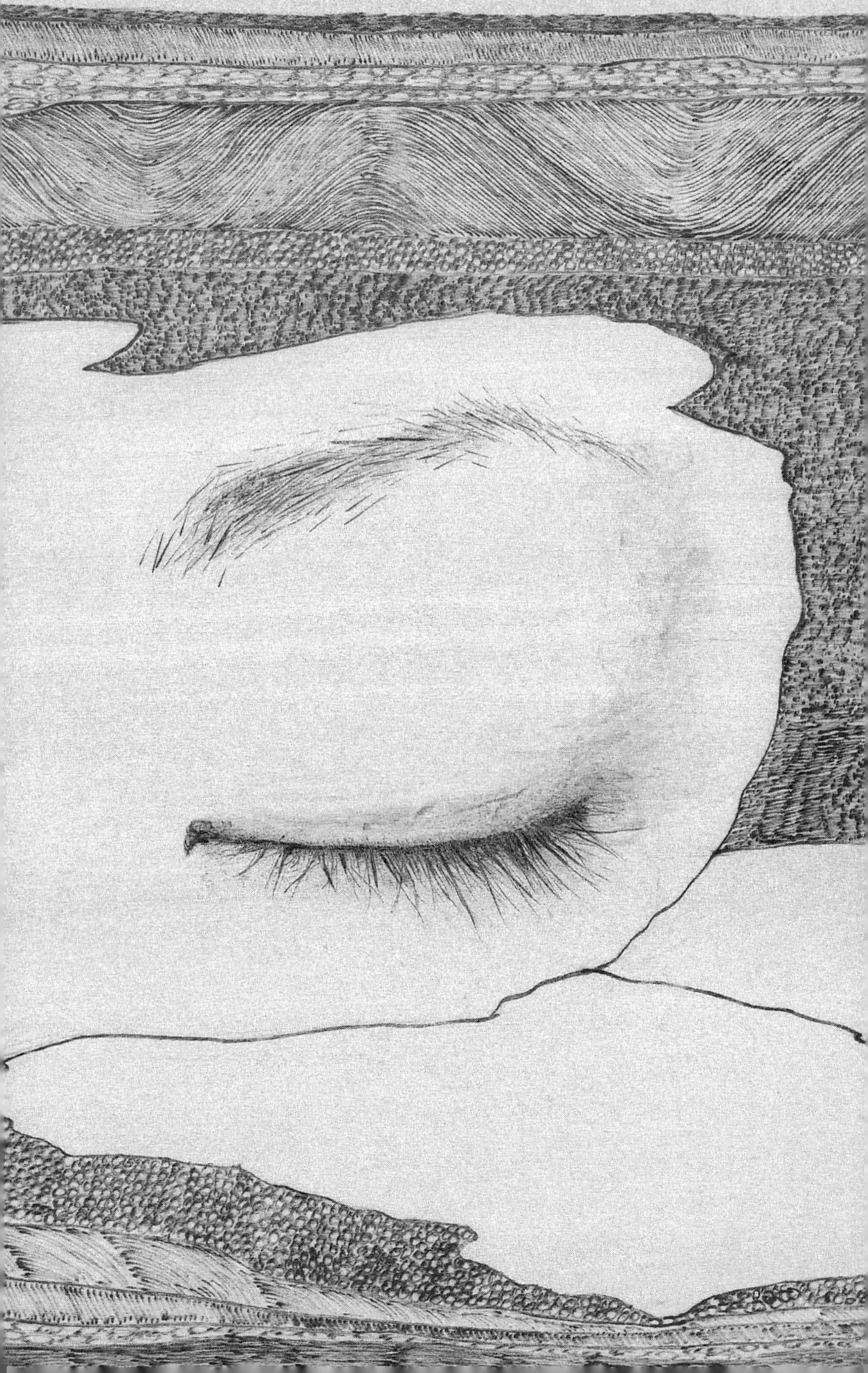

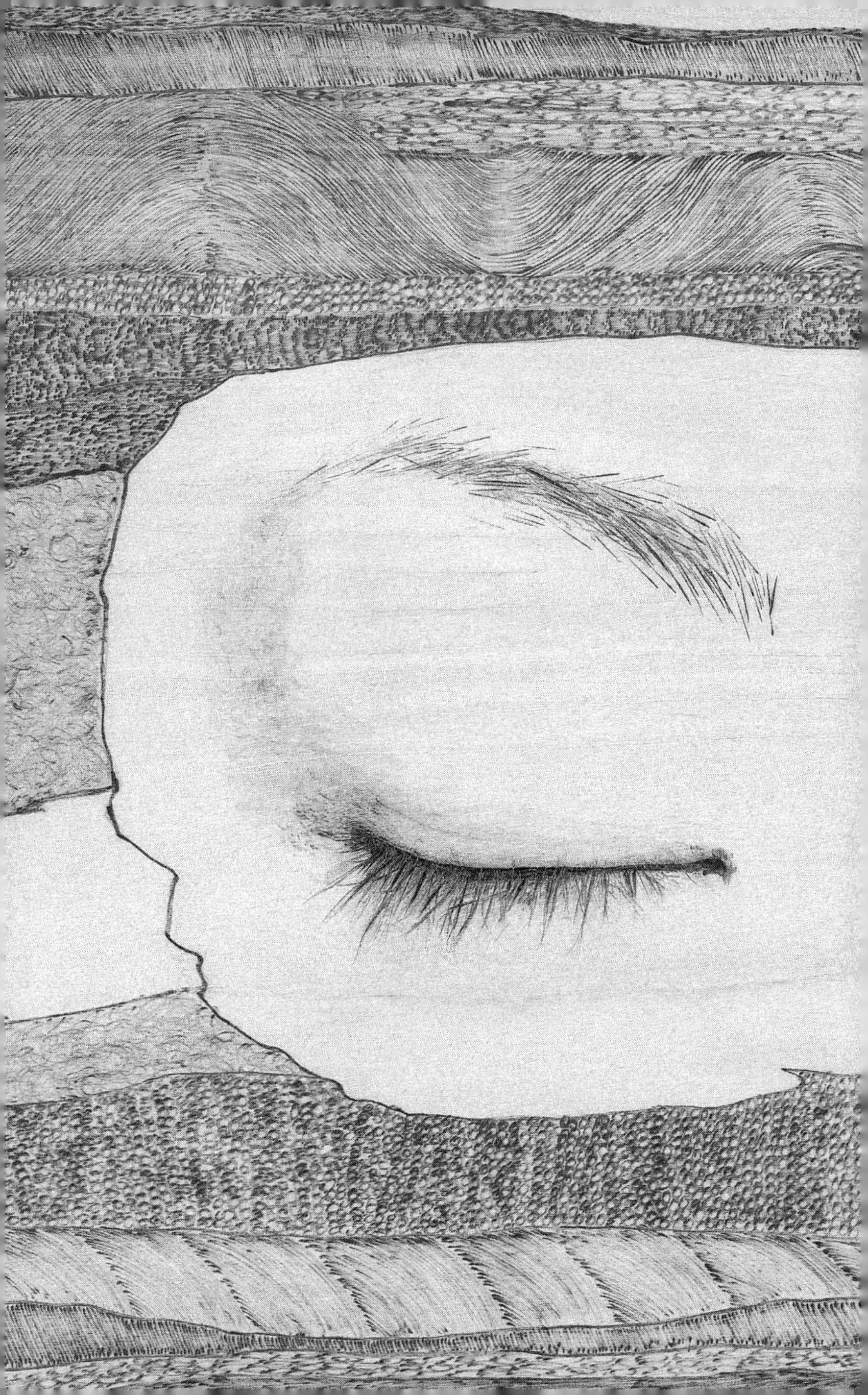

ひとりだち
雨だし
寒いし
強気できたのはいいが
そろそろさびしいのですよ
スーパーひとりでいったりね
ひとりごといったりね
ひとりでごはん食べたりね
体育ずわりしてね
テレビの音もからまわりしているよ

いま電話していたの
電話するたび　する時間が長くなるほど会いたくなって
切れなくて
何も話すことないのに無言のまま
むこうの音を聞いている自分がいる
なんで会えないの
なんで会えないとむなしいの
なんでなんでと思っても
いないっていう事実は変わらないし
お互いの距離は百キロも離れてる
なにもやる気がなくなって
洗濯物も入れてない
食器も洗ってない　ふいてない

時間もない
ねむい

居心地の悪いこの部屋が
あなたがくると
安心する空間に変わるのはなぜだろう

おはよう　だけが唯一の会話だけど
いろんなおはようをしてるって
自分では気づいてないでしょ

一緒に廊下を歩いただけで
まいあがっていたあのころ

絶え間ない蝉の声　肌からしみでる粒粒の汗
窓から刺さる光の熱線
わけもなくいらいらして
だから夏は嫌い

子供を迎えにきた母の声　肌にふれる夕風
窓の外はもう薄暗く
目がさめた世界は心地よかった
やっぱり夏は好きかも

今日も暑い駅まわり
賑わう午後
見下ろす町から発展の兆候
すこしずつ　新しくなっていく
ゆっくり人は歩いてる

変わらないで
見るものすべてが変わっても
包んでくれる温かさ
流れる時間の流れ方
暑い午後の駅まわり

この世の中で
もうこの年になって
自分を包んでくれるのは
行動で示してくれるのは　一人しかいないから
言葉では満足できないときもある
あたたかくて強くてやわらかい
胸を時々　貸してください

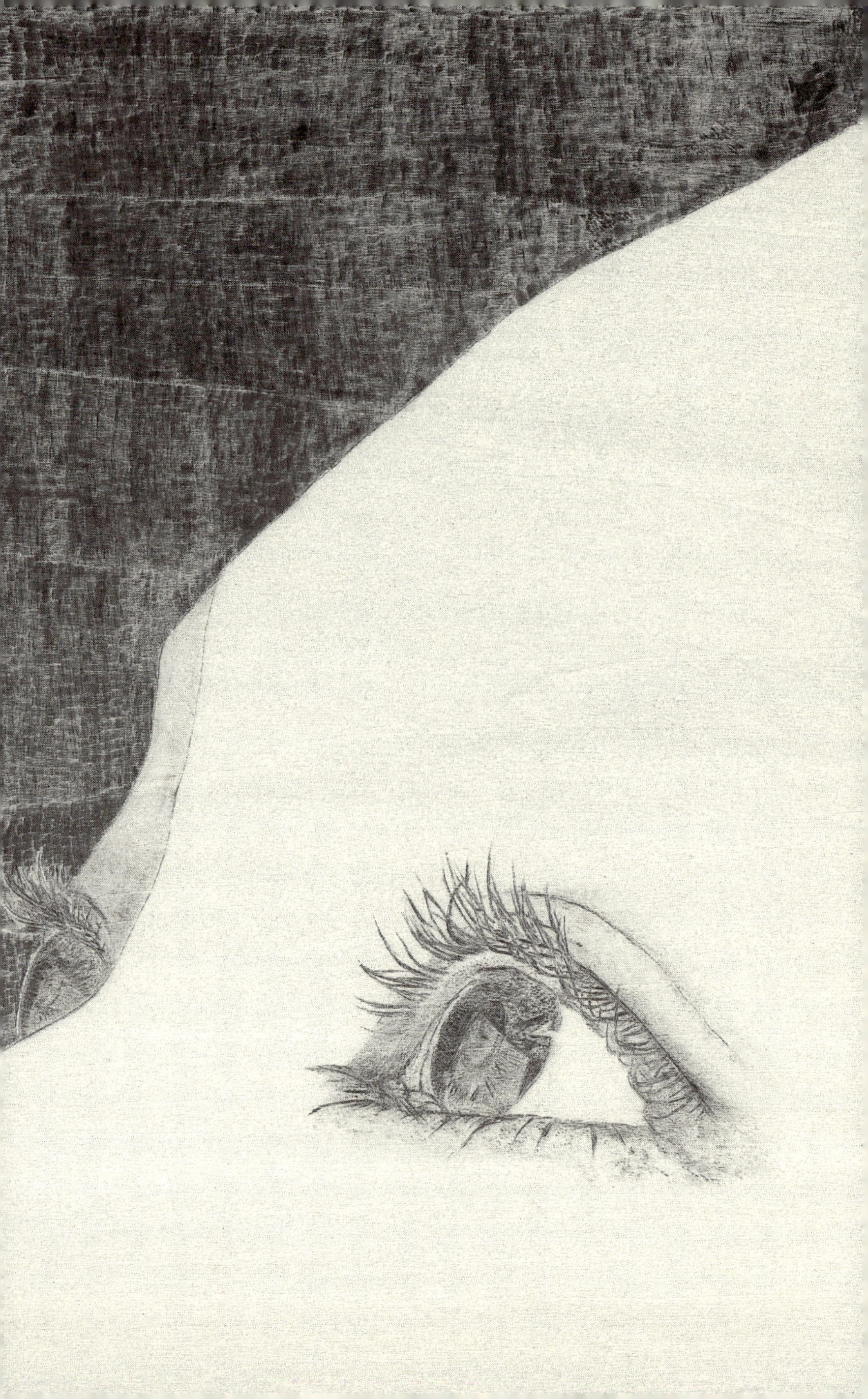

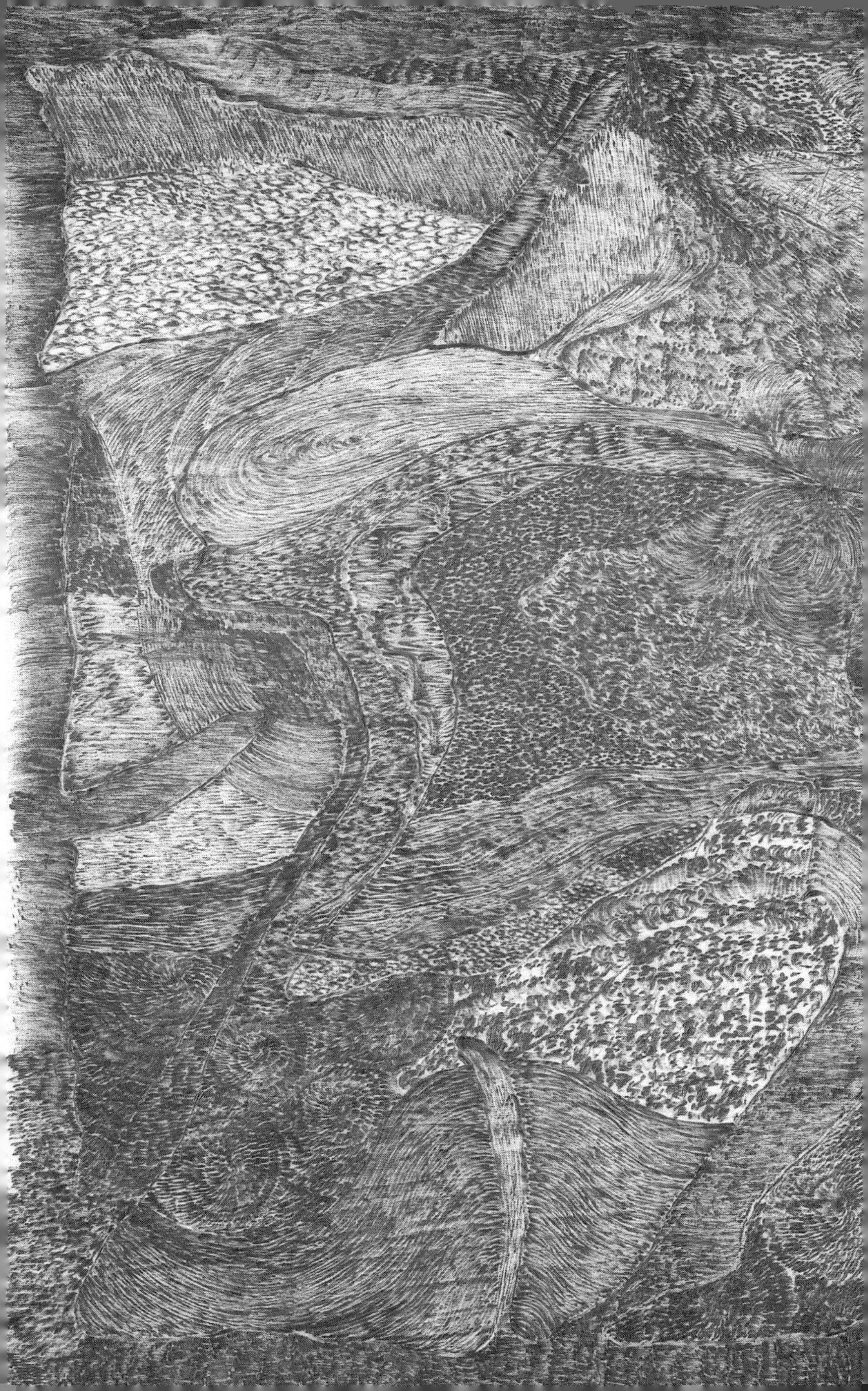

ずーっと明日は近いけど
ほんの昨日は　遠い

長い間楽しんでいた迷路が、すべていきどまりだったと知った

妄想の森にはぐれ
しだれた髪の草
白い靴の少女が

拡がった土の
上の
背の低い町並みが続く空に気づかせる

拡がった土の
下を
空気が息もせず過ぎる

一つにはなれない

全てがばかばかしく思える
この長い道のり
景色が風のように飛んでいく
思考の沼にはまっていく

いつまで流されていくの　どこまでいくの
どこでおりよう
ずっと乗っていたい気もするけど
どこかでおりなきゃ　いつまでもこのまま　ただ流れていくだけ

洞窟の中で石になるほど
小さく固まって
脅えるうさぎよりも
醜く目だけ暗がりで光らせた

海は見えていた
空は見えていた
でも色がなかった
だから外に出なかった
暗がりで色を想像しているのが楽しかった

言いたいことを言おうとするのだけど
うまく言葉を選べなくて
整理されないまま唇まで届く
パッチワークの途中
時には趣味の悪い柄の布までも
それらは舌の上で　喉の奥から伸びてきた手によって
引きずりこまれていく
そうしていつも　言葉を飲み込む
しまい込む　蓋を閉じる
あやふやなものは胃や腸で消化できない

一つ深呼吸をして
文字にして

感情の極まりはいくら説明しても
難しい形容詞を羅列したとしても
かなわない
言葉に勝ち目はない
表現の手段にはなりえない
涙は正直者

ひとりで泣く癖をつけてしまったらもう誰の前でも泣けない

自分の存在価値を確かめあう二人
それを傍観する私
それを傍観する私

いつまで何かを我慢して耐えていかねばならないのだろう
放し飼いになったら嬉しいけど
いつ食事は与えられ　顔を見せてくれるの
私の体は大きくなり　毛並みも立派になったのに
いつか私の姿は誰かの目に映るのだろうか
たまには顔を見せに来て
気まぐれなら来なくていい
自分を満たすためだけに　人は立ち止まり　私に押しつけてくる
誰かが排出したものを　私は静かに受け取った
皆のすべてを引き受けた
私の排出の場は

絵なら見てくれるの
歌なら聴いてくれるの
歌にも絵にもなり疲れ
一人の前ではただのものになっても

生きる限り抱える
全てを　誰のものも
抱えられる力があると
抱える力がなくとも

何も　深く考えることができなかったら
迷わず足を出せるのに
頭はますます重くなり
胸はどんどん苦しくなる
口はいつ開くだろう
遠い砂漠で埋もれてしまった
地球の芯はもうすぐそこ

ここでいいわとタクシーを止めるように
終わりにできるなら私は枯れる前にそうする
鮮やかな色が褪せて茶色くなっていくのは構わないけど
感受性が朽ち果てていくのにはもうたえられない

守れる感受性と守れない感受性があって
守れない方が衰えていくのを泣きながら傍観した
必死に記憶にとどめようと
赤いランドセルをしょったまま

私に少しは残るのか
残ったとしてもこの体
浦島太郎はここでは生きにくいでしょう
でもこのタクシーにはブレーキがなくて
止めるには　どうすれば
あいにく燃費はいいみたい

わたし1

わたしは、
聡美でもなく、侑子でも直子でも真理でも玲奈でも香でもなく、涼子でも知子でもなく、
彩子でもなく、沙也子でもゆかりでも絢子でも洋子でも麻美でも愛実でもかほでもなく、
恵でも亜由美でも萌でも輝奈でもわかなでもないが、

聡美でも侑子でも直子でも真理でも玲奈でも香でも涼子でも知子でも彩子でも沙也子でもゆかりでも絢子でも洋子でも麻美でも愛実でもかほでも恵でも萌でも亜由美でも輝奈でもわかなでもあって、
わたしはわたし

なんだいみんな大人ぶって
本当は
わからないことたくさん
あるはずなのに
完璧じゃないのに

えらそうに

わたし2
わたし＝♂＋♀＋熟睡＋遊び＋老婆＋笑い＋豆乳＋……

あなた
あなた＝　＋　＋　＋　＋　＋　＋　＋

その外套を脱いで
歩いた道の怪我を見せて
その能面を捨てて
したい顔をすればいい

全部伝わるなら

その胸を出して
自分のために歩く

たまたま　ぽんと　すくわれる瞬間がある
水面でおぼれかけていたことに気づく
それだけで蝶は飛べる
かすかに　ゆれる　透明の中に
桜の花びらのひとすくい
綺麗な手のひらが　すっと

いろいろ服にひっさげて
余計なものがついてきて
大事なものが抜け落ちて
それでも迷路を抜けてきて
気づいていたけどどうしようもなく
ますます飾りを身につけて
これからも増えて

そうやって上にいくのだと思った

けれど
上にいきつつも
忘れて、思い出して、
忘れて、思い出して、
思い出して、
思い出して、
忘れないで
そうすれば抜け落ちない
落とさない

国語の先生がおっしゃっていました
僕は　あーおもしろかった　と最後に言って死にたいんだ
一冊の長編小説を読み終えるように
大冒険をした後に
一粒のさみしさと満面の笑顔で
そうできればそれがいい
でもひとは
人生は
綺麗に終わりにはならなくて
急に　誰の手によるのでもなく閉じること　たくさんある
閉じられた人の生きたかった今日を
いま　私が生きている
あの先生は

心に霞がかかってきたら
雲を作って　特大の
自然には晴れてくれないから

背の高い雲を作れたら
雨を降らせて　大量に
夏の夕立を知っていればわかる

疲れるまで雨を降らせたら
雨がすべてを流し去る
太陽の出ない時はない

あの工事の青年が流している道端の　灰色のあのよどんだ水が
いつしか体を流れていた
明らかに目の輝きが失われて
思考の沼にはまってった
思えば　あの電車に乗ってから徐々にそんなふうにおちたような気がする

初めて　あの電車に乗ったとき人の群れに恐くなったのを覚えている
人の動きは機械的だった
明らかに目の輝きが失われて
でも染まるまいと思った
あの小さな山の公園で　無邪気に眺めていたあの海色の海が

むだじゃない
すすんでる
はなひらく
ねがいかなう
いまは　わからないだけ

過ぎてくの　光
瞬きしない目にそれを映して
広がる暗闇
見えない線路
それでも人は向かってる
行く先がどうであったたって
この闇の中で
星を見つけられたら
それでいい

著者プロフィール
香川 志穂（かがわ しほ）
1982年広島県生まれ。
現在大学生。埼玉県在住。

ピンホール

2004年1月15日　初版第1刷発行

著　者　香川 志穂
発行者　瓜谷 綱延
発行所　株式会社文芸社
〒160-0022　東京都新宿区新宿1－10－1
電話　03-5369-3060（編集）
03-5369-2299（販売）

印刷所　株式会社フクイン

ISBN4-8355-6530-4 C0092